種樹的男人

L'homme qui plantait des arbres

尚・紀沃諾（Jean Giono）/著
李毓昭 /譯　集物嶼 /繪

晨星出版

【目錄】

譯者序

李毓昭

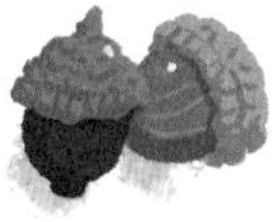

尚・紀沃諾是代表二十世紀法國文學界的作家之一，於一八九五年生於普羅旺斯的小鎮馬諾斯克，此後一生幾乎都是在這個小鎮中度過。他的祖父尚・巴提斯特・紀沃諾因政治因素，從義大利流亡法國。父親尚・昂端・紀沃諾是流浪的鞋匠，足跡遍布普羅旺斯和義大利北部，最後在馬諾斯克結婚，安定下來；獨生子尚・紀沃諾出生時，他已經五十歲了，而妻子波凌也已三十五歲。根據紀沃諾的自傳小說《藍色少年》，他小時候住在四層樓公

寓裡，父親在閣樓經營小鞋店，母親則在一樓開洗衣店。父親承繼祖父的理想主義，是小紀沃諾最佳的老師，經常為他講述民間傳說、歷史或占星故事，在他年幼的心靈種下夢想與想像力的種子。父親為數不多的藏書和聖經也是紀沃諾的成長良伴，他還喜歡在學校的圖書館閱讀希臘神話、荷馬的《奧德賽》、維吉爾的詩作、拉封丹寓言等等，自然而然地培養出寫作的才華和敘事的能力。

紀沃諾十一、二歲時，父親給了他五法郎，要他單獨去旅行，希望他能離開母親的保護傘，自由發揮所長。五法郎在當時是一筆不小的數目，溫柔的母親沒有反對，並默默為他收拾行囊。少年紀沃諾就在九月的某個傍晚五點，乘著馬車離開家鄉，前往巴農小村。在那裡的客棧，他認識了一名馬販，當下就接受馬販的邀請，騎騾子越過一座山，抵達西斯特宏，在馬市賺取旅費，甚至還有餘錢舒舒服服地坐火車回家。

到了十六歲，由於父親病倒，紀沃諾為了幫助

家計，自願不再升學，開始去銀行上班。有一天他去馬賽送公文，在回程的火車上，他打開一本剛買的書；第一句話映入眼簾，立刻觸動了他的心弦。

那是在傍晚七點，西歐尼山區悶熱極了。

這是拉雅德．吉卜林所著的《叢林奇談》的開頭。文字很平凡，卻如此簡潔有力！他油然升起一股自信：「這種句子我也會寫。」很久以後，紀沃諾在著作中寫道：「感覺就像是路邊湧出的泉水，不飲用者永遠解不了喉嚨的乾渴，而飲用者將能自由自在地寫出自己的作品。」他確實汲取了路邊的泉水，而且一飲而盡。

紀沃諾的第一本創作是在安德烈·紀德的大力推薦下，於一九二九年出版的《丘陵》。也就是在三十四歲的這一年，紀沃諾辭去了銀行的工作，決定以寫作為業。此後他總共發表了三十部小說，以及無計其數的散文、詩作和劇本，包括《挪亞》、

《抑鬱的國王》、《屋頂上的輕騎兵》等歷史傳奇故事。在紀沃諾的作品中，經常以普羅旺斯高原或其出生地一帶為背景，描述在鄉野中工作的人，並頌讚勇敢面對大自然的樸實人性。紀沃諾說：「山才是我的母親」，因為山以其沉默和赤裸促成人與宇宙的結合。他向來討厭平地，因為肥沃的土地令人體質虛弱。他也不喜歡大城市，尤其是巴黎。他在《可憐的孤獨》一書中寫道：「巴黎人啊，惟有在大樹破壞街道，蔓草的重量壓垮鐘樓或艾菲爾鐵塔，野豬從地下鐵的隧道中衝出時，你們的快樂才會來到。」

普羅旺斯雖然是陽光普照，風光明媚的觀光地，卻圍繞著高山峻嶺，經常有猛烈的西北風吹刮，夏季酷熱，冬天又乾又冷。紀沃諾的人生亦是如此，他曾因為堅持和平主義，發起拒服兵役運動，而被當局下獄。大戰結束後，他又被誣告與維奇傀儡政權合作，再度被捕。有一段時期，他的作品被禁，因此備受煎熬。

一九五三年，紀沃諾的生活已恢復寧靜，依然創作不懈。有一天美國的《讀者文摘》雜誌社以「最難忘的人物」為題，邀請他寫一篇文章，紀沃諾因此寄出了《種樹的男人》這篇文稿。沒想到雜誌社的編輯竟然去調查此文的主角，發現艾爾則阿．布非耶這個人物是虛構的，就把稿子退還給他，還責怪他是「騙子」。紀沃諾當下決定放棄此篇作品的著作權，讓原稿盡可能流傳。他在寫給一名美國讀者的信中說，他創造「布非耶」這個人物的目的是：「讓世人去愛樹，更精確地說，就是讓世人喜歡種樹。」後來紐約的《風潮》雜誌社跟他要了這篇稿子，譯成英文刊載在一九五四年三月十五日出刊的雜誌上。這篇作品一公諸於世，就立刻引發讀者的共鳴，很快就被轉譯成十多種語言。但是很奇怪，在法國卻遲至一九七四年才有雜誌刊出，而且到一九八三年才由 Gallimard 出版了法文版，此時紀沃諾已經去世十三年了。

紀沃諾是故意造假嗎？他晚年時，曾在接受訪

問時談到成為小說家的條件：「第一是講述歷史，第二是講述虛構的故事，第三是在講述虛構故事的同時也是品格崇高的人。」換言之，真正的小說家並不僅是鋪陳事實而已。《讀者文摘》既向小說家邀稿卻又要他降低寫作水準，而成為《種樹的男人》一書背後的笑譚，也是咎由自取。

不過，紀沃諾談到寫作時也說：「我所有的作品都是創作，但都是根據確曾存在的事實而寫，因為只有神才做得到無中生有。」他始終置身於現實中，描寫隔著時空所觀察到的人事物。

《種樹的男人》像是一則寓言故事般，講述紀沃諾一生所追求的主題：大地與人類和諧的關係。一個孤獨的農夫將餘生投注在荒原上，日復一日地種樹，最終將廢墟變成了樂土，這種成就並不遜於諸神的創造。最令人欽佩的是，這個人始終保持沉默，不求名利和回報，只是心無旁騖地造林，然後在事成之後悄悄離世。在眾聲喧嘩的現代社會中，這樣的人物委實是鳳毛麟角，也正因為如此，這篇

幾近神話的故事才能跨越地域與時空，扣動所有讀者的心弦。而紀沃諾也藉著這位純樸農夫寄託其心目中最崇高的心靈，同時達到他理想中無分虛實的文學境界。

男主角的名字「艾爾則阿（El´zeard）」令人聯想起希伯來先知或智者，其希臘語發音就是故事中出現的「拉撒路」。至於男主角的姓「布非耶（bouffe）」，不只有「偉人」的意思，也意味著「如同一陣風或天上的雲」。紀沃諾小時候，父親常在假日帶他去荒地，一邊散步一邊種下橡實。日後重回當初散步的野地時，他發現樹木都長得高大挺拔，四周的景觀也都變了樣。若說艾爾則阿有紀沃諾父親的影子，應該也不為過。

寫了這本書之後，紀沃諾相信他和「布非耶」一樣，在地球上留下了印記。他說：「這是我引以為傲的作品之一。它沒有為我帶來半毛錢，而正因為如此，它才能達成我寫它的目的。」

在一九五三年，廣播電臺播送了二十二次名為

「與紀沃諾溝通」的節目；該年他所有作品獲頒「摩納可大獎」，翌年被選為「龔固爾文學獎」的評審委員，同時也是諾貝爾文學獎呼聲很高的候選人。可是紀沃諾全然不在乎名利，自結婚之後，他就一直住在馬諾斯克，多半是在自家閣樓的書房裡，安靜地沉思、寫作。一九七〇年十月九日他在家中去世，享年七十五歲。

種樹的男人

要鑑別一個人是否具有非凡的品格，你必須有幸得以長年觀察他的行為才行。假如他的所作所為不具備任何私心、立意又是無比地慷慨大方，絲毫沒有獲取回報的念頭，並且在這世間上留下顯著印記的話；那麼，此人確實品格非凡。

大約四十年前，我在一處不為旅客所知的高原健行了一段長路，其為阿爾卑斯山脈切入普羅旺

斯的古老山區。

該地區的南邊與東南邊，以迪朗斯河的中游為界，介於西斯特宏和米拉博兩座城鎮間；北邊則以德羅姆河的上游為界，從該河的源頭直至迪鎮；西邊則是以孔塔高原及旺圖山為限。其範圍涵蓋整個下阿爾卑斯省的北部地區、德羅姆河南部，以及沃克呂斯省的一小塊飛地。

當我長途跋涉，穿越這片海拔一千二百至一千三百公尺的荒蕪高原時，目光所及之處，除了野生的薰衣草之外，只剩下一片又一片光禿的黃土。

我跨越此處幅寬最廣的地帶，走了三天，才驚覺自己來到最為荒涼的地域。那時我在一座廢棄的村落附近搭棚夜宿。一天前我已用盡自己身上所有的水，因此必須趕緊補充一些。在那鄰近村落裡的房舍雖然已經崩毀，猶如陳舊的黃蜂窩，但是從它們一間間緊密相連的樣子來看，想必這裡曾經有條溪水或是一口井。

於是我到處尋覓，果然讓我發現一條溪床，可惜早已乾涸了。此時我環顧四周，突然發現這村落中已有五、六間的房子沒了屋頂，任憑風吹雨打，連小禮拜堂的鐘樓也已然傾圮。雖然所有建築仍像從前有人居住時那樣，獨自屹立著，卻再也沒有人們於此地生活的痕跡。

這是個晴朗的六月天，豔陽高照，但是這塊高地全無遮蔽，從高空吹刮下來的風，猛烈得令人難以承受。強風呼呼吹襲著房屋的殘骸，彷彿野獸啃

食獵物時受到阻擾而發出的咆哮聲，著實令我驚懼不已。

恐怖的景象與聲響，讓我不得不另尋他處紮營。可是，我走了五個小時，還是找不到水，連一絲能找到水的希望也沒有。四周都是同樣的乾土，長著同樣的硬草。我不放棄希望地再走了好一會，才突然看到遠處有個小小直立的黑影。雖然心想那可能也只是一棵孤立的樹幹，但無論如何，就過去看看吧。於是我走近一看，原來是一位牧羊人；在

他四周被烈日烤乾的土地上，還躺著約莫三十隻的綿羊。

這位牧羊人讓我喝他水壺裡的水，過了一會兒，又帶我去他位於高地凹處的小屋。他轉動搭在洞穴上方的手工轆轤，從一個頗深的天然洞穴中汲水，水質奇佳。

這個人相當寡言，獨居的人經常如此，不過與那些人不同的地方是，他身上散發著自信與穩重的氣息。沒想到如此荒涼的地方，還能有這般人物的存在。

他住的並不是簡陋的木屋，而是堅固的石砌房子，可見他初抵此地時是如何辛苦地重建廢墟。他的屋頂很牢固，風打在瓦片上時會發出海浪撲岸的聲響。

屋內整理得井井有條，碗盤洗得潔亮如新，地板掃得一塵不染，長槍也仔細地上了油；而此時他煮的湯正在爐上滾沸。我這時才發現，他的鬍子也刮剃得十分乾淨，所有鈕扣都縫得相當牢實，衣服也都細心地補綴過，看不出什麼針腳來。

他請我一起喝湯，喝完後我遞出菸草袋，但他說自己不吸菸。這戶人家的狗同主人一樣沉默，對我也非常和善，卻不諂媚。

情況從一開始就再清楚不過了，我非在他這兒過夜不可，因為到達最近的村莊起碼也要一天半的

腳程。我非常熟悉此處村落的分布位置，大約只有四、五個村莊散居在這片山坡上的白樑林間，彼此不僅相距甚遠，而且都位於馬路的盡頭深處。

那裡住的都是賣炭維生的樵夫，生活非常困苦。多戶人家在冬寒夏熱的天氣裡還得擠在封閉的環境中度日，導致彼此間因為自私自利所引發的衝突不斷，逃離此地的渴望在各自心中日益滋長，非理性的爭論也因此越演越烈。

每日，男人們的例行公事即是將滿車的煤炭拉

到城鎮，再拉回去。心智再健全的人，在這種日復一日的折磨下也會崩潰。而女人們則是個個心懷怨氣。生活在這的人們凡事都斤斤計較，從煤炭的價格到教堂的座位，乃至善行與惡行的爭論，以致於此地關於品行的鬥爭相當普遍，從未消停。而且更要命的是，那兒的風總是吹個不停，使人們個個神經緊繃；導致自殺在當地宛如流行病般四處蔓延，更有許多人因此精神失常，而且往往達到危及生命的程度。

不吸菸的牧羊人取出一個小袋子，將袋中的橡實倒在桌上後，又逐一拾起。他全神貫注地檢查每一粒橡實，區分好壞。我吸著菸斗，並試圖協助他挑選，但他說那是他專屬的工作；實際上，看他如此謹慎且投入，我也不便堅持插手。那是我們當晚唯一一次的交談。

他專心地篩選，當品質好的橡實在一旁堆得像小山時，他便以十為單位一一清點，同時也仔細地把個頭較小或有些龜裂的橡實淘汰。就在他揀選出

一百顆完美無瑕的橡實後，終於停下這份工作，
然後我倆便各自就寢。
　　有了這位牧羊人的陪伴，讓我的
內心平靜許多。

翌日，我請求在此多待一天，他給我的反應就像我的要求是一件再自然不過的事，更精確地說，他給我的感覺是，這世界上沒有任何事情能夠驚擾他。事實上我並非真的需要休息，我只是對這位牧羊人感到好奇，想要多了解他罷了。

他打開羊欄，準備將羊群帶到牧地吃草。臨行前，他把昨晚精挑細選的橡實連同袋子一起放在水桶裡浸濕，然後將它繫在腰間。我注意到他隨身攜帶一根鐵棍，那根鐵棍和我的拇指一樣粗，長約一米半左右。

我假借休養身心的名義散步，沿著與他平行的路徑行走。他的牧地位於一處小山谷裡。他讓牧羊犬留下來照看羊群後，便爬上我站立的地方。我感到十分不安，擔心他走來的目的是責怪我對他糾纏不清，但是他完全沒有那個意思。這裡只是他往日的必經之路，他還向我提議，如果我沒其他事要忙的話，可以與他同行。此後，他繼續向前走了大約二百公尺的山路。

到達目的地後，他把鐵棍插進土裡，捅出一個個小洞，再把一顆顆橡實埋進去，並仔細地覆上泥土。原來他在栽植橡樹。

我問他，這塊土地是否為他所有，他說不是。再進一步詢問他是否認識地主？他也否認。他

猜想這裡是一塊公有地，也可能是一片沒有人在意的私有地。不過他似乎沒什麼興趣追究地主是誰，只管小心翼翼地種下那一百顆橡實。

午餐過後，他又開始挑選橡實。在我追問不休之下，他告訴我許多事情。三年來，他獨自在這塊荒地上不斷種樹，總共種植了十萬顆橡實。他預估這十萬顆橡實中，只有兩萬顆能發芽，而這兩萬棵樹苗中，最後應該會有一半被動物吃掉，或是因為無法預測的天命而夭折。但餘下的一萬棵橡樹苗將

存活下來，在這塊寸草不生的土地上長大茁壯。

就在這個時候，我突然很想知道這個人的年齡。他明顯超過五十歲了。他告訴我他五十五歲，名為艾爾則阿．布非耶，曾在平地坐擁一座農場，和家人生活在一起。然而不幸失去獨子後，妻子也相繼離世，於是他便來到這塊荒地隱居，帶著羊群和牧羊犬，享受平靜生活帶來的樂趣。而他很早就注意到這塊地因為缺少樹木陪伴，正漸步邁向死亡。他補述道，反正自己沒有其他更重要的事情可做，因此他決心挽救這片了無生機的荒地。

那時候的我雖然相當年輕，卻也過著獨居的生活，所以懂得如何溫柔對待孤獨者的心靈。但正因為我還年輕，因此使我總以自己的方式想像未來的景況，並且局限了我對於幸福的追求方式。當時的我告訴他，再過三十年，這一萬棵橡樹肯定變成十分壯觀的森林。但他卻淡淡地說，如果上天容許他如此長壽，再過三十年，他一定會種出更多更多的樹；現在的一萬棵樹，到那時就如同大海中的一滴

水而已。

除了橡樹，他同時也在研究山毛櫸的繁殖方法，並且早在屋旁闢出苗圃，培育山毛櫸的幼苗。他還用鐵絲網將苗圃圍起來，避免羊群靠近啃食它們，如今那些樹苗早已長得欣欣向榮。他還考慮在山谷種植樺樹，因為他認為其地表下幾公尺的地方，一定有水源。

第三天，我與他道別。

次年，第一次世界大戰爆發，此後的我在戰場

上度過了五年的光陰。身為一個步兵，不太可能記起關於樹的事情。老實說，那段往事並沒有讓我留下深深刻的印象，對我來說那就像一種嗜好，如同集郵的興趣般，很快就被我拋在腦後了。

戰爭結束後，我領到一筆為數不多的退役金，當時的我一心一意渴望能夠呼吸新鮮純淨的空氣，除此之外別無他想，於是再度踏上前往那片荒原的旅程。

鄉景如昔，只不過當我的視野越過那座廢棄的

村莊時，我發現遠處有一團灰濛濛的霧氣，宛如毛氈籠罩著山巔。前一天，我想起那位種樹的牧羊人。我心想：「一萬顆橡樹，確實占地不小呢。」

從軍的那五年裡，目睹太多人離世，很難不去猜想艾爾則阿・布非耶可能早已亡故。更何況在二十歲的年輕人眼裡，五十歲的老人根本沒什麼事情可做，除了等死。

但布非耶並沒有死，而且他的身體還十分硬朗。只不過現在他換了工作，只飼養四隻綿羊，並多養百來個蜂箱。由於綿羊會啃食小樹，據此他不再牧羊。他告訴我，戰爭對他絲毫沒有影響，這我也看得出來，因為他始終專心一致地種樹。

一九一〇年種的橡樹已經十歲了，長得比我和布非耶都還要高大，壯麗得令人嘆為觀止，我著實地說不出話來，而他也是不發一語。就這樣，我們在森林中默默走了一整天。

這座森林分成三個地帶，全長達十一公里，最寬的地方也有三公里。當我想到這整座森林的誕

生，一切都來自這個人的雙手和靈魂，沒有借重任何技術，讓我突然發覺，人類在某方面也具備和神一樣的能力，並不只有摧毀的力量而已。

布非耶也如願種植不少山毛櫸，現在那些山毛櫸已與我的肩膀同高，舉目所及都是這種樹木。當時栽種的橡樹如今長得十分茂盛，已不是動物所能摧毀的程度，即便上天企圖降下天災摧毀它們，那也得刮起颱風才行了。

他向我展示五年前種下的樺樹叢，那年應該是

一九一五年，當時的我正在參加凡爾登戰役[1]。他將整片山谷都種滿了樺樹苗，他之前就判斷該處地表底下一定有水源，而他的預測也完全正確。這些樺樹如少女般亭亭玉立，優雅動人，讓山谷一片綠意盎然。

此外，創造似乎能引發連鎖效應，但是布非耶一點也不在意，他只是懷著單純的心，意志堅定地

1　譯注：長達四個月的激烈戰役，造成數十萬人死亡。

工作。當我們走回村莊時，我看見幾條蜿蜒的小河。就我的記憶所及，那裡的小溪早已乾涸，如今卻流水淙淙。這是他引發的連鎖反應中，最令我印象深刻的改變。

上次有水在這幾條河床上奔流，不知是多久以前的事了。我在故事開頭曾提到某些荒涼的村落，原本是古羅馬部落的遺跡，曾有考古學家在那裡挖掘，並找到魚鉤。然而曾經水源豐沛的地區，在二十世紀卻得仰賴蓄水池，才能獲取少許的水。

此處吹拂的風亦四處散播種子。隨著水流的重現，楊柳、燈芯草、牧草地、菜園、花圃也紛紛出籠，曾經的荒地正洋溢著生命的喜悅。

可是這些轉變過於緩慢，夾雜在人們的日常生活中，因此沒有特別引人注目。只有獵人為了追逐野兔或野豬而爬上高原時，才會注意到這裡突然冒出的小樹，但是他們也只把這些樹當成自然界一

時心血來潮的創作。這就是為什麼沒有人來打擾布非耶工作的原因。如果有人在高原上看到他在種樹，一定會試圖阻止他的行為，可是從未有人注意到他。村民或政府官員哪裡猜得到，會有一位心胸如此寬闊的人，正在孜孜不倦地奉獻心力。

自一九二〇年以來，我每年都會去探訪布非

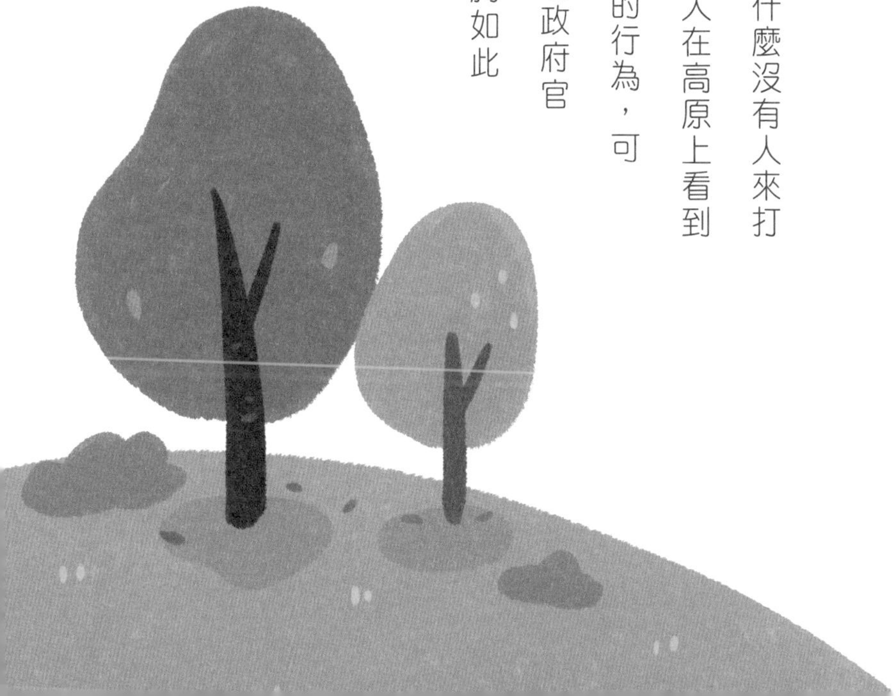

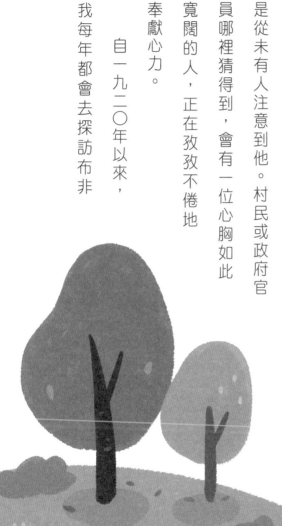

耶。我從來沒有見過他灰心喪志，或是對其作為產生懷疑或動搖。也許只有神才能知道，他是否偶爾也會因此感到空虛。

想要達成任何目標都必須排除萬難，而且不論懷有多大的熱情，為了贏得最終的勝利，有時候也必須和絕望搏鬥。有一年布非耶種了一萬棵楓樹，卻沒有一棵存活。第二年他放棄楓樹，改種山毛櫸，結果比種植橡樹還要成功。

想要真確了解布非耶這個人非凡的性格，我們

絕對不能忘記，他是在全然的孤獨下完成工作的。他處在絕對的孤寂之中，以至於在生命的盡頭時，他根本不言不語。或許他只是覺得無此必要。

一九三三年，一位森林巡邏員來到他的住所，遞給他一張通知，禁止他在室外生火，以免危害這片「自然林」。這位巡邏員天真地告訴種樹的當事者，這是他第

一次知道森林可以「自然」生成。當時布非耶正準備種植山毛櫸，種植地點距離他的小屋有十二公里遠。此時他已高齡七十五歲，因此為了節省往返的精力，他考慮在植林地砌建一間石屋。第二年，石屋就建造完成。

一九三五年，政府的代表團前來視察這片「自然林」，團員包括林務局的高官、國會議員、造林技師等人。他們討論的內容都是廢話，全體一致認為必須替這片森林採取必要的保護措施；但是幸好

他們什麼都沒做，只下了一個實用的決定：將整座森林訂為國家自然保護區，禁止製炭業者砍伐此地的樹木。因為沒有人不著迷於這片蒼鬱翠綠的小樹林，就連國會議員也被樹木的魅力所擄獲。

代表團中有一名林務官員是我的朋友，我告

訴他這塊荒地之所以變成森林的原因。一星期後的某一天，我們一道去探訪布非耶，發現他在距離代表團視察地點之外二十公里遠的地方，依然辛勤地種樹。

我和這名官員會成為朋友，不是沒有原因的：他不僅能夠鑑別事物的價值，也懂得何時該保持沉默。我們拿出作為禮物的雞蛋與布非耶一同分享，並在森林

裡度過好幾個小時，凝視著鄉野，默默沉思。

我們來到一處山坡，此地長滿六七米高的樹木。我回想起一九一三年路過此處的景象：一望無際的荒涼……。

高山獨有的清澈空氣、平靜而規律的勞動、儉樸的飲食，更重要的是祥和的心靈，一同賦予這位老者令人敬畏的健康。他是神所揀選的競技能手，不曉得他還會在多少公頃的土地上種植樹林。

臨別時，我的朋友只針對什麼樹種適合這裡的泥土，給了他幾句建議，但都點到為止。後來他在路途上對我說：「本該如此，布非耶在這方面了解得比我還多。」我們走了將近一個小時的山路，他反覆思量後又告訴我：「在種樹這方面，他懂得比任何人都多。他找到了獲得快樂的好方法！」

多虧了這位官員的努力，不僅保衛了這座森林，也保護了布非耶的幸福。他派出三名巡山員，並且下令要求他們嚴加看守，使他們不敢接受製炭業者賄賂用的葡萄酒。

這座森林只在一九三九年的二次大戰期間，面臨過一次前所未有的危機。當時的汽車是以煤氣[2]作為燃料，而木柴卻普遍不足。因此開始有人前去砍伐一九一〇年時所種

2 燒柴引擎。

的橡樹，可是那座樹林距離鐵路網太遙遠，讓伐木業者覺得相當不划算，於是迅速放棄這個計畫。那時牧羊人並沒有看到林木被砍伐的經過，因為他正在三十公里遠的地方平靜地持續工作著，就如同一九一四年第一次世界大戰一樣，一九三九年發生的第二次世界大戰對他絲毫沒有影響。

一九四五年六月，我最後一次見到艾爾則阿．布非耶的時候，當時他已經八十七歲了。我再次沿著我過往的足跡，途經那條我穿越荒地時的道路；

儘管戰爭使這個國家滿目瘡痍，現在卻已有公車在杜蘭斯谷地與高山之間行駛。想必是因為這種交通工具的速度太快了，以至於我認不得以往曾造訪的地區。眼前的景象似乎是一處嶄新的領域，直到看見村莊的名字之後，我才確信自己正處在昔日荒廢且殘破的所在。

我在弗根鎮下車。在一九一三年時，這裡有十幾間房屋，卻只有三個居民。他們那時如同野蠻的禽獸般，互相憎恨，靠架設陷阱捕獵維生。不論是肉體還是精神上，幾乎都與原始人無異。他們四周盡是爬滿蕁麻的傾頹房舍，活得毫無希望可言。這樣困頓的生活無從培養美德，唯一能做的只有等死而已。

如今一切都變了，甚至連空氣都變得不同。以前逼人的乾燥暴風變成輕柔的微風，而且自帶清香。遠處的高山傳來陣陣的流水聲，但那居然是林間的風聲。更令人驚奇的是，我確實聽到流水注入池塘的聲音。不久我便看到那裡新建了一座噴泉，

裡頭充滿源源不絕的泉水。當我在它身旁看見一棵菩提樹時，內心更是感動萬分。因為這棵菩提樹的樹齡起碼有四年，它枝葉繁密的模樣，無疑是此地重生的象徵。

不僅如此，弗根鎮上充滿著實現夢想的活力。由此可見，希望已經重新降臨此地。他們清除廢墟、打掉頹牆，並重建了五間房子。目前約莫有二十八人居住在這個小村莊，其中包括四對年輕的夫婦。

剛剛粉刷過的新房周圍井然有序地栽植著蔬菜和花草，其中有甘藍、玫瑰、韭蔥、金魚草、芹菜和秋牡丹。現在這一帶已成為所有人都渴望居住的地方。

我從此處開始徒步健行。戰爭才剛剛結束，生活還沒有恢復往日的繁華，但是拉撒路[3]已經走出

3　譯注：拉撒路爲耶穌的門徒，耶穌曾施展神蹟使他從墳墓中復活；參見《新約聖經》中第四部的《約翰福音》。

他的墳墓了。我在半山腰上看到大麥和裸麥田，而狹窄山谷中的草地正要變得翠綠。

不過短短八年之間，整個鄉間就散發出健康與蓬勃的光采。我在一九一三年看到的廢墟早已消失得無影無蹤，取而代之的是一座座有著乾淨的粉牆，整潔如新的農莊，證明此地擁有著幸福與舒適的生活。

古老的溪流承接了森林所涵養的雨水，再度潺潺流淌著，河道被重新疏通了。在每座農場旁邊，

在楓樹林中，以及噴泉池周圍，都長滿著新鮮翠綠的薄荷。

村莊正逐步地重建，人們從地價昂貴的平原遷來此地，帶來了朝氣、行動力和冒險犯難精神。沿途遇見的男男女女，個個身強體壯，男孩與女孩們笑語不斷，人們也終於找回野餐的樂趣。

以前的居民終於揮別以往因為氣候和環境帶來的貧困與精神折磨，個個帶著朝氣與希望，輕鬆度日，同新移民一樣，過上寬裕的生活。

居住在此的新舊居民加起來的人口超過一萬人。他們現在所擁有的幸福都要歸功於艾爾則阿·布非耶。

想到他獨自一人，僅僅靠著自己的體力和意志力，使一塊荒原變成迦南地[4]，讓我深深相信：不論發生什麼事，人的力量仍舊值得讚嘆。可是一想到必須擁有堅韌的信念、保持高尚的情操、懷抱無私奉獻的寬大心胸，人的力量才得以充分發揮時，我對那位質樸的老農夫由衷敬佩。他的偉業如同神蹟般不可思議。

4 譯注：迦南地，在《舊約聖經》中，神應許以色列人的土地，被視爲豐饒的象徵。

一九四七年，艾爾則阿．布非耶在巴農的安養院裡，安詳離世。

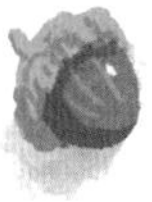

種樹是一種信仰

王家祥

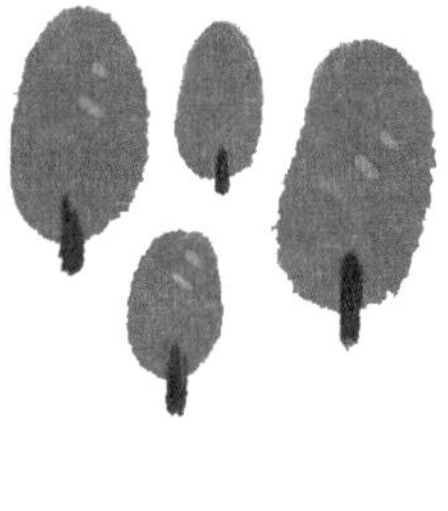

臺灣也有許多種樹的男人，我在《經典雜誌》上讀到霧社有一位八十歲的王老先生，埔霧公路沿線三千多株的櫻花樹都是他種的，因為他小時候住在霧社的印象是有許多櫻花樹的回憶，不幸的是這些櫻花樹卻背上「日本人種的」罪名，一一被砍除，於是老先生許下心願，將來有餘力一定要恢復櫻花樹在霧社的美麗景象；許多人還以為這些行道樹是公家機關栽植的，沒想到是民間一位曾做過樹苗商的退休老人出錢出力種的，少說也要花費上百

萬元，至今王老先生仍獨力維護著這些樹，每天清晨散步在埔霧公路上巡視著櫻花樹，一趟大約二十四公里。《經典雜誌》的記者感動之餘寫道：「老先生說櫻花樹是一種最愛乾淨的樹。」

東勢鎮還有一位奇怪的老外叫積丹尼，曾經在美國做過嬉皮，來臺灣後和一位退休的女老師結婚，共同在山上耕讀隱居。為了生態造林，他特意去結識中興大學森林系的教授們，向他們學習臺灣森林的知識，因此，他對臺灣樹種和森林如數家珍，讓身為臺灣人的我覺得汗顏。

最近發現高雄市許多新落成的公園所植的樹都長不好，僅止於存活邊緣，怎麼去形容呢？就僅是樹幹上冒出了些綠葉，但就是不肯多長出幾支枝幹讓樹冠茂密一點，然而隔了一陣子再來觀察，這些樹又死不了，依舊是毫無生氣的模樣而已。

長不好又死不了？我想一定是出了問題！仔細再究原因，難道是種的密度太高了嗎？還是斷頭樹的問題？

所謂「斷頭樹」就是政府為了繳出綠化的政績，常常不計代價求得表面功夫，因此常常在公園裏種植從鄉下買來的大樹，而這些大樹已經有一定的年齡，從原居地斷根挖出時早就元氣大傷，要是復原力不錯，在新地落地生根之後，或許有一陣子很風光，然而因為水土不服，壽命會折損很快，不如老老實實從小樹苗種起的樹木活得好。

密度太高？也許因為執行單位為求綠化成績求好心切，這讓我想起從前我參與環保團體監督綠化工程時所知道的一些弊案，譬如一株黑板樹的五年生樹苗，在美濃苗圃市價是八百元，輾轉到了政府的公園，竟報價六千元。幾年前其中一任建設局長的弟弟剛好是園藝公司負責人，手中剛好有一批稀有昂貴的水香皮樹苗，結果全用來種在海岸公園，然而在海岸公園弊案爆發之後，建設局長只有下台退休了事，卻沒人追問水香皮在海邊到底適不適合栽植？

後來有一個環保義工氣憤地告訴我，現在流行

在公園下埋放建築廢土，承包商先將公園預定地原本的好土挖出運去賣，再回填廢土賺上一筆！最後只要覆一層表土交差了事便可，種樹只要存活就可通過工程合約，難怪樹雖活著卻長不好！

這種品質的臺灣人，連種樹這種神聖積功德的工作都要偷！

農委會最近提出一個平地造林的計畫，平地造林私有地每公頃二十年獎勵金及補貼一百六十一萬元，公有租地每公頃二十年補貼一百四十七萬，平地造林對象為海拔一百公尺，坡度百分之五以下，並位於一般農業區之農牧地，以集團造林為原則，造林面積應毗連二公頃或同一地段毗臨五公頃以上，讓我想起高雄綠色協會有一個退休老師鄭正煜先生，早先便一直在推動臺糖地造林的艱難夢想。

歐盟早已經將木材這種無污染又可再生的能源重新定義為「生質能」，投入許多經費研究及獎勵農民發展小區域的生質能開發計畫，以緩解他們認為世紀之罪惡的石油污染。其中最常見的生質能新

行業，就是在農地種植木材供應社區暖氣能源，在奧地利參予計畫的總數已達二千名，此外，油麻菜籽也是研究生質能的對象。

鄭老師的遠見在於臺糖公司是臺灣平地最大的地主，這些土地在歷史上皆是歷代政權向人民強取而來的，最容易也最應該整合推動造林計畫回饋全體人民，臺糖擁有的土地在不種甘蔗後實在過剩，勉強能開發蓋房子或遊樂區謀利的地段仍然有限，既然是閒置的土地，與其勉強蓋房子養蚊子增加空屋率，為何不能種樹創造休閒農業兼顧國土保安呢？這些從前只能種甘蔗的旱地，更久以前很可能是梅花鹿生長的灌木疏林地或沼澤低地，回復過去的生態環境，對於日漸沙漠化的臺灣平原，無論在水源涵養或二氧化碳問題上，都是有極大幫助的，而且在生態上經得起小規模變動，二十年後歐盟的生質能概念發展成熟之後，我們便有平地上的木材可伐，取代部份石油，不必冒著土石流的危險砍山上的樹了。

在臺灣，種樹的問題不單單是找一塊地，花一些力氣和錢來種而已。

中國納西族信仰的東巴教中有個規模宏大的儀式叫「署古」，即「祭署」，納西族的神似乎與我們不太一樣，納西族的神可以說就是大自然，納西族很多村寨保留有許多樹林密茂泉水奔湧之處，納西語稱之為「署古丹」[5]的古老祭場，常見到若干

5　意爲祭署神的場所。

插在地上的木牌畫，上面繪著各種蛙頭人體、蛇尾或人首蛇體的精靈，還有日、月、星辰、風與雲團，這種棲息於自然懷抱的宗教藝術中，深藏著一個人與自然的古老秘密。

這一儀式體系也是在東巴教自然崇拜的基礎上逐漸成形的，「署」是東巴教中的大自然之神，司掌山林河湖野生動物等，在東巴教象形文中是一個蛙頭人體蛇身的形象。

納西族東巴教認為亂墾濫伐、污染水源、盲目

開山闢石及濫捕野生動物是惹怒署神的主因，祭署儀式即為禳災解禍，安撫署神，向其贖罪。

納西古籍中也說，人與大自然之間的關係猶如兄弟相依共存，對大自然不可隨意冒犯，否則將遭到無情的報復。

另外一支少數民族哈尼族視高山森林為命根子和衣食飯碗，對高山森林的保護和管理有著約定俗成、千年不渝的規定。哀牢山的哈尼族將森林分為水源林、村寨林和龍樹林，這三種林子是任何時候都不許砍伐的，否則鄉規民約將予以嚴厲制裁，制裁的方式很多，例如罰款、罰糧、罰清掃街道等，據調查現在對砍伐森林者的懲處，有了更明確的規定，例如，村寨人如果砍伐水源林，將按樹的直徑來罰款，直徑每一公分罰款兩元；高山森林的任何樹木砍伐一棵，就罰款七十元。

每個哈尼族村寨都有一名森林管理員，是由村民推舉產生，雖不是專職，僅是兼管，但必須具有強烈的責任心並為村民完全信任，這個人過去多由

村長擔任，每年村民會湊一些米錢給他作為報酬。另外，在約定俗成和明確規定的禁令之外，還運用神靈的力量來保護山林，哈尼族將村後有蓄水作用的山林劃為神山神林，常年加以保護和祭祀，一年數次的大規模祭山，和一年一度的寨神節「昂瑪突」，都有借助神靈保護森林的意義。人力和神力的結合，有效地保護了森林，也有效地保護了水源以及動植物的家。

瀘沽湖畔母系社會的摩梭人，把每年的四月至八月定為封山期，期間有專人輪流護山並負責祭祀山神，春節時家家戶戶都要在院子裏栽一株青松以示崇敬和祈福，摩梭人視青松為大山的根骨，嚴禁砍伐幼樹。

從金邊回胡志明市的飛機上，總聽得到幾句熟悉的臺語，就像金邊街上到處買得到臺灣檳榔一樣，我的身邊有幾位嚼著檳榔，穿波羅品牌，看起來像見過世面，天不怕地不怕，心臟很強的大哥級臺商正在閒聊著，其中一位抱怨著說：「幹你祖

媽！昨天被抄了一支，還好還有六支，賺了！」

被抄了什麼呢？這些心臟很強的臺商敢往狂野的金邊市鑽，在某些方面不能不說是冒險犯難的英雄，因為金邊——柬埔寨的首都，是一處允許擁有私人槍械自衛的城市。柬埔寨擁有全世界第二大的內陸湖洞里薩湖和最肥沃的沖積土，可是紊亂的政治搞到灌溉系統全荒廢了，水稻田變成看天田，一年只能在雨季一作。

我大膽地問我們的臺商英雄，被抄了什麼呢？

「漁船啊！」他笑著說，這問題在金邊市好像一點也不敏感。「為什麼被抄呢？」「走私啊！我做沉香和黑檀木！」

早期赤柬波布盤據在森林裏，靠的就是砍伐珍貴闊葉林木輸出，賺取軍費，大量砍伐的結果造成表土嚴重流失到洞里薩湖，影響魚類產卵，湖區的面積急速縮減，魚類也大量減產，漁民捕不到魚而流離失所，還造成下游湄公河的嚴重水災。

沒想到這沉香與黑檀木已不再由共黨專賣，而

是大家一起來幹了！

《種樹的男人》其實是一則寓言，孤獨的農夫將餘生投注在「荒原」上種樹，「荒原」就是一種寓言，在現實的臺灣要像種樹的男人般自由自在地種樹，恐怕不易找到這樣的「荒原」，必須花費更大的心力。

故事中有提到這塊地是公有地，也可能是沒有人在乎的私有地，沒有地主去阻止農夫種樹，可是在地狹人稠的臺灣土地的擁有者，並不是生長在其中的草木生物，而是人類；我們都知道，最需要種樹的地方是人口密集的城市，可是要多爭取一塊綠地，談何容易？有好長一陣子，山上的原始森林地帶本來不缺樹，就讓那些樹待在那裏就好了，然而卻被……。

在臺灣，有許多人並沒有機會親手在一塊可以種樹的地上，種下一棵樹，但他們參與保護環境生態，爭取綠地的努力，與《種樹的男人》這一則寓言是一樣的。

植物的神話與傳說

艾爾則阿．布非耶多年來都在種樹，看似努力不懈、鮮有變化的生活，卻在心境上有很多轉變。這些轉變，作者並未讓艾爾則阿．布非耶以自白的方式呈現，而是透過他種植的樹種來隱喻。因此書中這位種樹的牧羊人最後雖然不言不語，但我們仍可從他種植的樹種觀察他心思上的變化。我們就從以下樹種隱含的文化深意，來讀懂尚．紀沃諾可能的弦外之音吧！

橡樹

橡樹因為木質堅硬、耐磨，再加上樹齡可達好幾百年，因此在西方世界被認作勇氣與力量的象徵，更被許多國家當作國樹。在古希臘人心中，橡樹的地位亦相當崇高，因為它不僅是獻給宙斯的聖樹，它的葉聲還能傳達天神宙斯的旨意。

相傳在宙斯的神殿之中有一棵參天橡樹，古希臘祭司們的職責，即是解讀風吹過橡葉時發出的沙沙聲響，向世人傳授宙斯的神諭。

正因為橡樹是如此神聖的象徵，所以經常能在西方的藝術作品，乃至生活用品和傳統儀式中看見橡樹的身影。

白樺樹

白樺樹在俄國人心中是不可或缺的存在，他們相信白樺樹不僅象徵淨化與治癒，更是俄國精神的代表。

俄國人經常使用白樺樹製作清潔用品及藥品，節慶時也會使用白樺樹枝裝飾環境、淨化空間，它們也是詩人經常歌詠的對象。

而白樺樹纖細娉婷的姿態，亦讓人聯想到少女清麗溫婉的模樣，筆直的身形，更增添一股溫柔的堅韌。因此在婚禮的儀式中，經常使用白樺樹枝作為新娘的象徵物。

楓樹

每年深秋，楓紅紛飛的日子來臨時，楓林便成為眾人熱愛的旅遊景點，無不爭相前往賞楓。但在古希臘人心裡，楓樹可不是個賞心悅目的存在。

在古希臘的神話故事中，楓樹代表恐懼，因為它是獻給戰神之子佛波斯的神樹，而佛波斯在古希臘神祇中象徵的正是恐懼與恫嚇。心許是秋季染紅的楓葉，會讓古希臘人聯想到戰火與鮮血的緣故。

相傳被推進特洛伊城的那座木馬，即是由楓樹所打造的。特洛伊城收下木馬後，便於漫天火海、飛濺的鮮血中一夜覆亡，結束他們與希臘人為期十年的戰爭，以及他們繁榮富裕的太平盛世。

菩提樹

書中提及的菩提樹，並非見證佛陀悟道的印度菩提樹，而是西洋菩提樹——椴樹。

相傳椴樹是北歐神祇芙蕾雅女神的聖樹，因此在歐洲人心目中，它是幸福與好運的象徵，所以經常有愛侶在椴樹下私定終生。有些新人也會在婚戒刻上椴木的葉片，相信自己的婚姻可以受到芙蕾雅女神的祝福。

另外，在古羅馬詩人奧維德筆下的寓言故事裡，橡樹與椴樹亦為一對夫妻樹。傳說宙斯和赫密士曾偽裝成乞者到凡間行乞，卻被好幾戶人家拒之門外，唯有一對貧窮的夫妻願意接待他們。夫妻給予兩位天神自己所能給的一切，讓宙斯相當感動，決定實現他們的心願。相愛的兩人向宙斯許下一同死去的願望，因為他們心疼彼此，誰也不願獨活。

最終兩人不僅同時死去，亦化作一對交纏的樹木，夫為橡、妻為椴，永世相守。

因此說到椴木，歐洲人便會想起愛情和幸福。

國家圖書館出版品預行編目資料

種樹的男人／尚・紀沃諾（Jean Giono）著；集物嶼繪；李毓昭譯. -- 二版. -- 臺中市：晨星出版有限公司，2023.01

面；　公分. --（愛藏本；113）

譯自：L'homme qui plantait des arbres

ISBN 978-626-320-315-0（平裝）

876.57　　　　111018764

輕鬆快速填寫線上回函，
立即獲得晨星網路書店 50 元購書金。

愛藏本 113
種樹的男人
L'homme qui plantait des arbres

作　　者｜尚・紀沃諾（Jean Giono）
繪　　者｜集物㠘
譯　　者｜李毓昭

責任編輯｜呂曉婕
文字編輯｜江品如
封面設計｜鐘文君
美術編輯｜黃偵瑜
文字校潤｜江品如

創 辦 人｜陳銘民
發 行 所｜晨星出版有限公司
台中市 407 工業區 30 路 1 號 1 樓
TEL：04-23595820　FAX：04-23550581
http://star.morningstar.com.tw
行政院新聞局局版台業字第 2500 號
法律顧問｜陳思成律師

讀者專線｜TEL：02-23672044 / 04-23595819#212
傳真專線｜FAX：02-23635741 / 04-23595493
讀者信箱｜service@morningstar.com.tw
網路書店｜http://www.morningstar.com.tw
郵政劃撥｜15060393（知己圖書股份有限公司）

初版日期｜2005 年 07 月 31 日
二版日期｜2023 年 01 月 01 日
ISBN｜978-626-320-315-0
定價｜新台幣 119 元

印　　刷｜上好印刷股份有限公司